INSTITUT DE FRANCE.

NOTICE

SUR LA VIE ET LES ŒUVRES

DE

ROBERT NANTEUIL

PAR

M. GEORGES DUPLESSIS

DÉLÉGUÉ DE L'ACADÉMIE DES BEAUX-ARTS

Lue dans la séance publique annuelle des cinq Académies
du 25 octobre 1894

PARIS

TYPOGRAPHIE DE FIRMIN-DIDOT ET Cⁱᵉ.

IMPRIMEURS DE L'INSTITUT, RUE JACOB, 56

M DCCC XCIV

NOTICE

SUR LA VIE ET LES ŒUVRES

DE

ROBERT NANTEUIL[1]

PAR

M. GEORGES DUPLESSIS

DÉLÉGUÉ DE L'ACADÉMIE DES BEAUX-ARTS

Lue dans la séance publique annuelle des cinq Académies
du 25 octobre 1894.

En marge d'une pièce de vers (1) adressée par Robert Nanteuil à Louis XIV, le célèbre graveur a écrit les lignes suivantes : « Je commençai à graver estant en secondes ; je commençai en ce temps-là à desseigner tous mes camarades et même pendant les classes ; la première pièce fut un *Tambour*, d'après Callot, la deuxième le *portrait de Louis XIII* d'après Lasne dans un ovale, et, comme j'étais persécuté par les régents, je gravai sur des arbres, à la campagne, deux planches d'un *Christ* et d'une *Vierge* en ovales d'après des tailles douces que je trouvai alors. » En écrivant ce commencement d'autobiographie, Nanteuil

---

(1) *Nanteuil en commençant le portrait du Roy*. Épigramme, sans lieu ni date, in-fol. (*Bibl. Nationale*, Ye. rés. 175.)

répondait-il à une question qui lui était posée par quelque historien en quête de documents authentiques, ou bien songeait-il à ce moment à rassembler, pour sa satisfaction personnelle, ses souvenirs de jeunesse? S'il est bien difficile de répondre à ces questions, il n'est pas interdit de faire son profit de ces indications sommaires qui, n'auraient-elles que ce mérite, accusent une vocation précoce et une volonté formelle de devenir graveur à un âge où, d'ordinaire, on se préoccupe assez peu du choix de sa carrière (1).

Comment une pareille pensée put-elle bien germer dans ce jeune cerveau? L'enfant appartenait-il à une famille dans laquelle était répandu le goût des Arts? Son père, Lancelot Nanteuil, exerçait le commerce de peigneur de laines, aucun de ses ancêtres connus n'avait manié le pinceau l'ébauchoir ou le burin. Existait-il dans sa ville natale un ou plusieurs artistes renommés ayant groupé autour d'eux quelques élèves? On ne connaissait à Reims à cette époque qu'un jeune homme, Nicolas Regnesson, qui débutait dans la gravure et qui n'avait encore donné aucune preuve de son savoir. La vocation de Nanteuil fut donc, pour ainsi dire, spontanée et la chose est si vraie que, si nous n'avons su découvrir ces copies d'après Callot et Michel Lasne qu'il signale lui-même, nous pouvons constater dans une figure du *Sauveur* et dans le *portrait d'Étienne Villequin* que Nanteuil ne possédait, au moment où il terminait ses classes,

---

(1) On n'est pas d'accord sur la date de naissance de Robert Nanteuil. Baldinucci assure qu'il naquit à Reims en 1618; Ch. Perrault le fait naître en 1630, et le *Mercure galant*, en annonçant au mois de décembre 1678 la mort de Nanteuil, le dit âgé de 55 ans; selon l'auteur de cet article nécrologique, Nanteuil serait donc né en 1623.

qu'une connaissance bien imparfaite du dessin et qu'il igno-
rait absolument les principes les plus élémentaires de la
gravure.

Les études de Nanteuil avaient donc été, au point de vue
de l'art, fort négligées au début, ses études littéraires, en
revanche, furent particulièrement soignées. Son père, en
le mettant très jeune sous la direction des Jésuites de
Reims, avait entendu lui faire donner une éducation clas-
sique aussi complète que possible ; il eût souhaité le voir
suivre la carrière des lettres pour laquelle il lui croyait
des dispositions et s'il se décida à le retirer de la maison
où il l'avait tout d'abord placé, c'est qu'il ne tarda pas à
acquérir la conviction que s'il le laissait plus longtemps
sous la direction des Jésuites qui s'opposaient avec une
excessive sévérité aux moindres manifestations de la vocation de son fils pour le dessin, celui-ci, découragé, pour-
rait bien prendre le travail en dégoût comme il avait déjà
pris ses professeurs en grippe. Il le retira donc et ce fut
chez les Bénédictins de Reims que Robert Nanteuil ter-
mina ses humanités en 1645 après avoir passé avec succès
sa thèse de philosophie.

Pendant trois années, de 1645 à 1648, le nom de Nanteuil
n'apparaît nulle part. Le jeune artiste travaille cependant
sans relâche ; il dessine d'après nature, fait, pour s'exercer,
les portraits de ses parents et de ses condisciples et va
demander à N. Regnesson, qui est son ami et qui devien-
dra bientôt son beau-frère, de l'initier aux secrets de
l'art du graveur. Regnesson consent, lui qui est à peine
un bon élève, à jouer le rôle de maître ; mais il s'aperçoit
bientôt que celui auquel il donne des leçons en sait autant

que lui ; il a la loyauté de lui avouer que, pour faire des progrès réels, il ne voit qu'un parti à prendre : aller à Paris suivre les leçons des maîtres véritables, chercher à profiter de leur expérience et à surprendre leurs secrets.

R. Nanteuil accepte avec enthousiasme le conseil de son ami ; mais, au moment de prendre un parti, des difficultés de toute nature se présentent à son esprit. Comment obtenir de son père, naturellement préoccupé de l'avenir, non seulement l'autorisation de quitter son pays natal, mais encore l'argent nécessaire pour subvenir aux frais du voyage et à une installation même sommaire à Paris ? R. Nanteuil s'est marié presque en quittant les bancs de l'école et ne peut, avec une femme, courir le risque de se trouver sans ressource dans une ville où il est absolument inconnu. D'autre part, bien décidé à se perfectionner dans la gravure et à conquérir, coûte que coûte, un nom dans les arts, il se décide à aller confier à son père ses angoisses. Celui-ci, témoin des efforts faits chaque jour par son fils depuis que, livré à ses goûts, il peut librement diriger ses études dans le sens qui lui convient, se laisse assez facilement convaincre. Il lui remet entre les mains une petite somme d'argent et l'encourage même à partir le plus vite possible. Nanteuil ne se le fait pas dire deux fois ; sans tarder il règle ses affaires et, quelques jours après, il quitte Reims en compagnie de sa jeune femme.

A cette époque le voyage de Reims à Paris ne ressemblait en rien à ce qu'il est devenu depuis. Le nouveau ménage, plein d'espérances, mais fort médiocrement pourvu du côté de l'argent, cheminait comme il pouvait, tantôt à pied, tantôt avec les voituriers qu'il rencontrait sur la route,

couchant dans les auberges les plus modestes ou sollicitant
dans les fermes un asile pour la nuit. A peine était-il ar-
rivé à mi-chemin qu'il rejoignit une troupe de gens qui se
dirigeait, comme lui, vers Paris ; Nanteuil lia connaissance
avec ces voyageurs, mais il ne tarda pas à s'apercevoir que
ses compagnons improvisés étaient des gens peu scrupu-
leux sur les moyens de se procurer le nécessaire et plus
habiles à la maraude qu'adroits à l'ouvrage... Que faire?
Se séparer d'eux brusquement pouvait devenir dangereux,
voyager de compagnie n'offrait rien d'agréable ; malgré
tout, il valait encore mieux prendre ce dernier parti. Nanteuil
s'y arrêta ; il écouta sans autrement s'émouvoir le récit des ex-
ploits de ces héros de grands chemins, il fit même semblant
de s'intéresser à leurs aventures ; de son côté il leur raconta
des histoires extraordinaires et chercha à les distraire de
son mieux. Le temps se passa ainsi tant bien que mal et
Nanteuil et sa femme arrivèrent aux portes de Paris sans
avoir eu matériellement à se plaindre de ces bandits.

A peine avait-il eu le loisir de chercher un gîte que Robert Nanteuil alla frapper à la porte de Philippe de Champagne dont la renommée était venue jusqu'à lui. Il ne pouvait s'adresser à un meilleur maître : le grand peintre,
alors dans tout l'éclat de son talent, était mieux que qui
que ce fût en mesure de lui donner de bons conseils ; il
l'accueillit avec bienveillance et le mit immédiatement en
rapport avec un graveur habile, Abraham Bosse, qui jouis-
sait d'une véritable notoriété non seulement à cause de
son talent qui était très réel, mais aussi à cause de certains démêlés avec l'Académie royale de peinture qui
avaient eu quelque retentissement. Pour montrer à ses

nouveaux maîtres ce dont il était capable et pour subvenir
en même temps à ses besoins, Robert Nanteuil se mit,
sans tarder, à faire quelques portraits à la plume et au
pastel qui, s'ils n'étaient pas largement payés, avaient au
moins pour lui l'avantage d'exercer sa main et d'occuper
son temps d'une façon profitable. Dans ses *Hommes illus-
tres,* Charles Perrault raconte le subterfuge dont se servit
le débutant pour se créer une clientèle : « Ayant vu, dit-il,
plusieurs jeunes abbés à la porte d'une auberge proche de
la Sorbonne, Nanteuil demanda à la maîtresse de cette
auberge si un ecclésiastique de la ville de Reims ne logeoit
pas chez elle, que malheureusement il en avoit oublié le nom,
mais qu'elle pourroit bien le reconnaître par le portrait qu'il
en avoit. En disant cela, il lui montra un portrait bien
dessiné et qui avoit tout l'air d'estre fort ressemblant. Les
abbés qui l'avoient écouté et qui jettèrent les yeux sur le
portrait en furent si charmés qu'ils ne pouvoient se lasser
de l'admirer et de le louer à l'envi l'un de l'autre. « Si vous
« voulez, Messieurs, leur dit-il, je vous ferai vos portraits
« pour peu de chose aussi bien faits et aussi finis que celui-
« là. » Le prix qu'il demanda étoit si modique qu'ils se firent
tous peindre l'un après l'autre, et, ces abbés ayant encore
amené leurs amis, ils vinrent en si grand nombre qu'il n'y
pouvoit suffire... » Rien ne s'oppose sans doute à ce que
l'anecdote racontée par Ch. Perrault ait au moins un semblant de vérité, mais il était jadis tellement dans les
usages de représenter les artistes comme des êtres à
part, ne sachant ni se soumettre aux usages reçus, ni
prendre la vie par le côté pratique, qu'il ne faut accueillir
qu'avec une certaine méfiance les récits de ce genre. Il

est en tout cas permis de supposer que Philippe de Champagne put, à l'aide de ses relations, faciliter à Nanteuil l'entrée dans la carrière et le recommander aux personnes désireuses de faire faire leurs portraits avec une autorité qui faisait défaut à l'aubergiste des environs de la Sorbonne.

Nous arrivons au moment où le nom de Nanteuil apparaît au bas de portraits qui témoignent, en tout cas, que l'artiste a beaucoup travaillé depuis son arrivée à Paris, et que, si aucune de ses études préparatoires n'est venue jusqu'à nous, c'est qu'il a pris les précautions nécessaires pour soustraire soigneusement aux regards des curieux ces essais uniquement destinés à assouplir sa main et à triompher des résistances du burin. Ses premiers portraits datés de 1649, 1650 et 1651 n'accusent pas une originalité réelle. Nanteuil subit, à ce moment, l'influence de ses contemporains; il se laisse séduire par les hardiesses de Claude Mellan qui, en n'usant qu'avec une extrême réserve des contretailles, se prive volontairement d'un moyen d'action fort profitable aux graveurs; les habiletés de Gilles Rousselet qui agissait tout différemment, qui abusait volontiers des tailles croisées et qui couvrait de travaux très serrés les moindres parties de ses planches, ne laissèrent pas non plus Nanteuil indifférent. Après s'être rendu un compte exact des procédés opposés en usage autour de lui, il aborda franchement la gravure, sans songer à s'appuyer sur les exemples d'autrui et mit au jour, en 1652, le portrait de Gilles Ménage qui, pour la première fois, nous révèle d'une façon significative la manière qu'il entendra désormais adopter, manière qui lui est bien personnelle et qui puise dans son extrême simplicité dans les moyens, un de ses principaux attraits.

A partir de cette époque, Nanteuil est classé parmi les artistes sur lesquels on a le droit de compter; son nom inconnu jusque-là devient subitement célèbre. C'est à lui que Juste d'Egmont confie, en 1653, le soin de reproduire l'image de la reine de Pologne, Louise-Marie de Gonzague, qu'il vient de peindre, et c'est également à lui que Philippe de Champagne s'adresse la même année pour graver le portrait du président Pomponne de Bellièvre (1). En 1654, Beaubrun et Séb. Bourdon le décident à graver les portraits de Jacques Le Coigneux et de Christine de Suède; mais, dans la suite, ce ne sera que tout à fait exceptionnellement que Nanteuil empruntera à autrui ses modèles; pouvant difficilement suffire aux commandes qui lui sont directement adressées, il ne fixera guère désormais dans le cuivre que les portraits qu'il aura lui-même dessinés d'après nature.

Énumérer tous les portraits remarquables que Nanteuil a gravés, n'apprendrait rien qui n'ait été révélé par les historiens les plus autorisés de la gravure. Ne sait-on pas que Louis XIV, qu'Anne d'Autriche, que le cardinal Mazarin posèrent plusieurs fois devant le peintre-graveur, que Jean-Baptiste Colbert, Nicolas Fouquet, Michel Le Tellier, Guillaume de Lamoignon, Pierre Séguier, Turenne, le grand Condé et Bossuet demandèrent à Nanteuil de repro-

---

(1) Nanteuil a gravé deux fois le portrait du président Pomponne de Bellièvre; le second, qui reproduit une peinture de Charles Lebrun, est universellement regardé comme le chef-d'œuvre du maître.

duire leurs traits; que presque tous les hommes qui jouè-
rent un rôle important au XVIIe siècle dans le clergé,
dans la politique, dans l'administration, dans l'armée ou
dans la magistrature, tinrent à être, comme dit Boileau,

Couronnés de lauriers par la main de Nanteuil (1).

L'auteur de la *Muse historique* Jean Loret, le grand amateur Michel de Marolles dont le cabinet célèbre forme le
premier fonds de notre collection nationale d'estampes, le
précepteur de Monsieur, François de La Mothe-Levayer,
le poète Sarrasin, le philosophe Gassendi vinrent successi-
vement s'asseoir dans l'atelier de Nanteuil et fournirent
au maître l'occasion de signer de nouveaux chefs-d'œuvre.
Comment faire un choix dans les deux cent quinze portraits de personnages célèbres que nous a laissés Nanteuil?
A quoi bon recommander tel portrait plutôt que tel autre?
Chacune de ces images est parfaite; elle reflète l'esprit et
le tempérament du personnage représenté aussi bien qu'elle
retrace avec une fidélité absolue les traits de son visage.
L'artiste ne se contentait pas de donner une image exacte
de la ressemblance physique; il était plus exigeant pour
lui-même, il tenait, en retraçant l'aspect matériel du personnage qui posait devant lui, à en exprimer, autant que
son art le lui permettait, la ressemblance morale. « Avant
de commencer un portrait, dit-il dans des notes de sa main
qui ont été conservées (2), il faut considérer l'air ordinaire

---

(1) BOILEAU, *Art poétique*, chapitre II.
(2) EUG. PIOT, *Cabinet de l'Amateur*, 1861, p. 36.

de la personne, sa taille, son âge, sa qualité... Quand le portrait a le véritable air du modèle. c'est-à-dire qu'il en marque l'esprit et le caractère, il ressemble ordinairement fort longtemps... Il faut avoir des entretiens avec les personnes que l'on peint, selon l'humeur et l'esprit dans lesquels on veut les peindre... » Avec de tels principes, on n'a pas lieu de s'étonner de l'importance considérable qu'attachent aux portraits gravés par Nanteuil les historiens du règne de Louis XIV. Dans ces précieuses effigies, ils trouvent presque toujours la confirmation de ce que les contemporains leur ont appris sur les habitudes morales des hommes dont ils étudient la vie ou les actes, et forts de cet accord entre les documents écrits et la représentation figurée, ils s'avancent d'un pas plus sûr dans la voie qu'ils entendent suivre parce qu'ils sont à peu près certains de ne pas s'éloigner de la vérité.

Si les historiens ont un puissant intérêt à interroger les portraits gravés par R. Nanteuil, quel plus grand avantage encore en retireront les artistes désireux de suivre la carrière dans laquelle le maître a conquis une renommée incontestée! Qu'ils examinent les uns après les autres, la loupe à la main, tous les portraits gravés par Nanteuil depuis le jour où, en pleine possession de lui-même, il a volontairement cessé de s'inspirer des travaux de ses devanciers, ils s'apercevront que le maître a toujours usé de moyens qui semblent simples, tant les preuves du savoir ont été par lui soigneusement dissimulées ; pour exprimer les demi-teintes dans le visage, il a fait le plus souvent usage de tailles courtes interrompues par des points diversement espacés, laissant au ton du papier le soin d'expri-

mer la lumière; pour le vêtement une taille large, dis-
crètement accompagnée de contretailles, accuse la nature
de l'étoffe utilisée et contribue à faire valoir, ce qui est
essentiel, le visage au détriment de ce qui l'entoure; les
cheveux, dans les portraits de Nanteuil, ont une souplesse
particulière; ils sont traités par masses formées de tailles
non interrompues, et s'il s'en écarte comme accidentelle-
ment quelques-uns c'est pour ôter à la silhouette une par-
tie de sa rigidité, en établissant un lien entre la figure
même et le fond sur lequel elle se détache.

Jusqu'à la fin de sa vie Nanteuil travailla avec la même
ardeur. Sa première estampe portant une date fut exécu-
tée en 1645; l'année même de sa mort, en 1678, il mettait
au jour les portraits de Pierre Lallemant et de Marie-
Jeanne-Baptiste de Nemours, duchesse de Savoie, qui n'accusent aucune fatigue. La physionomie est exprimée avec
la même finesse que dans les portraits les plus célèbres
du maître et sa main elle-même ne révèle ni lassitude, ni
faiblesse.

Comment concilier avec cette production incessante la
réputation d'homme frivole qu'ont faite à Nanteuil certains historiens de la gravure? Parce qu'il répondit un
jour à Michel Bégon qui lui demandait son propre portrait « qu'il n'était pas fou de lui-même et qu'il ne travail-
lait que pour de l'argent », parce que, malgré les sommes
considérables qu'il gagna, il ne laissa à sa mort que
20 000 livres, il ne suit pas de là qu'il fréquenta, de pré-
férence aux salons, les ruelles ou les cabarets. Quel que
fût son penchant pour la rime, les vers que nous connais-
sons de lui devaient médiocrement plaire aux habitués du

salon de Mlle de Scudéry, et la façon dont il fut accueilli
par Louis XIV qui le nomma en 1658 « son dessignateur
et graveur ordinaire » avec une pension annuelle de
1 000 livres et qui, à sa sollicitation, signa en 1660 à Saint-
Jean-de-Luz un édit qui maintenait aux graveurs leur indé-
pendance menacée, donne à penser qu'il avait des manières
qui se rencontrent rarement chez les hommes accoutumés
à fréquenter exclusivement les lieux de plaisir.

Pour nous, nous serions plutôt disposé à croire que
Nanteuil mena une existence régulière et à traiter de ca-
lomniateurs ceux qui en ont parlé autrement. Son premier
soin, aussitôt que sa réputation est solidement établie et
que ses moyens d'existence sont assurés, est de faire venir
à Paris, auprès de lui, son père, qu'il entoure de soins et de
prévenances et auquel il assure une vieillesse heureuse ; les
actes officiels nous le montrent tenant sur les fonts baptis-
maux les enfants de ses confrères, assistant, comme témoin
aux mariages et aux obsèques des principaux artistes de son
temps ; Dominique Tempesti, son unique élève, nous ap-
prend que son logis était tous les jours fréquenté par les
plus grands personnages, non seulement curieux de le voir
travailler, mais encore heureux de s'entretenir avec lui. S'il
acheta des maisons qu'il paya avec quelque difficulté et
qu'il n'administra pas en bon père de famille, cela n'implique pas forcément un esprit désordonné et une conduite
irrégulière ; autrefois les artistes, et les plus grands, —
peut-être bien en est-il encore de même aujourd'hui, —
n'étaient pas toujours regardés comme des comptables
hors ligne et comme des administrateurs sans défaillance ;
absorbés par des préoccupations d'un ordre très différent,

ils pouvaient oublier certaines échéances et négliger certaines formalités qui faisaient qu'un beau matin ils se réveillaient ruinés, alors que la veille ils s'étaient endormis sans méfiance. Mais cette insouciance, fort répréhensible sans doute, n'implique pas toujours la préméditation de celui qui s'en est rendu coupable. Reléguons donc parmi les légendes la mauvaise réputation que l'on s'est plu à faire à Nanteuil et contentons-nous de lui assigner la place qu'il mérite d'occuper parmi les plus grands graveurs du règne de Louis XIV et de recommander ses ouvrages à tous les artistes qui entendent suivre la carrière qu'il a illustrée et qu'il a poursuivie sans défaillance jusqu'à son dernier jour.